Quelques lettres intimes

Marie Lenéru

© 2025, Marie Lenéru (domaine public)
Édition : BoD · Books on Demand, 31 avenue Saint-Rémy, 57600 Forbach, bod@bod.fr
Impression : Libri Plureos GmbH, Friedensallee 273, 22763 Hamburg (Allemagne)
ISBN : 978-2-3225-6964-9
Dépôt légal : Avril 2025

MARIE LENÉRU

On a tant écrit sur Marie Lenéru, il existe à son sujet tant de pages enthousiastes ou émues, signées de beaux noms, on l'a tant louée, on l'a aussi ce dont elle eût été plus fière discutée, que nous, sa famille, ses vieux amis de toujours, nous finissons par éprouver comme une sorte d'étonnement devant les personnalités diverses que nous lui voyons attribuer et qui ne nous sont pas familières. Mais, parmi ceux qui ont donné à Marie une personnalité qui fut, jusqu'à un certain point, une surprise pour nous, peut-être faut-il mettre au premier rang Marie.

Un jour, quelque temps après la publication de l'admirable « Journal », je retrouvai une de nos amies d'enfance restée très liée avec Marie, par qui elle avait toujours été appréciée autant qu'aimée. Nos premiers mots furent : « Que penses-tu de son Journal ? » Tant nous sentions que nous attendions l'une de l'autre une impression à nous, pas seulement celle de tout le monde. Je vois encore le regard, j'entends encore la voix me répondant : « Oui… mais le cœur n'y trouve pas son compte. »

Avec Marie, la Marie dont la chaude présence coutumière nous pénétrait si fort en cet instant, le cœur trouvait son compte. Sans doute, dans le Journal, nous la voyions grandie de tout l'apport merveilleux de la personnalité choisie, voulue, poursuivie héroïquement et obstinément à travers ces pages où Marie se créait en se révélant, en se saisissant elle-même. C'étaient pourtant d'autres images, d'autres paroles, c'étaient d'autres accents qui, au fond de nous, gardaient si vivante et si émouvante la Marie « où le cœur trouvait son compte ».

C'est à elle seulement que je dédie ces quelques évocations de passé commun.

Marie... Ce n'est pas « l'histoire » d'une enfance et d'une jeunesse qui se déroule en ma mémoire à ce seul nom. N'habitant pas la même ville, nos réunions n'étaient que passagères. Aussi, bien que l'étroite intimité qui unissait notre famille, la correspondance de nos mères et nos propres lettres aient maintenu entre nous une sorte de continuité d'existence, ce qui surtout survit en moi, ce sont des moments, des moments à répétition, pour ainsi dire, avec leur cadre et leur lumière ; avec aussi l'indélébile empreinte de la sensation reçue.

Brest d'abord. L'appartement que Marie et sa mère occupaient dans la maison de famille où avaient vécu nos grands-parents et qu'habitèrent ensuite mes deux tantes. Je suis en séjour chez ma tante Lenéru. Quel âge avons-nous ? Je ne sais plus. Marie se porte bien, elle voit et elle entend.

Nous jouons à quatre mains le Menuet de la Reine : notre triomphe. Et nous sommes d'accord pour l'aimer. Mais Marie aime aussi la Marche Turque, qu'elle enlève avec brio, avec autorité. Je la vois encore, perchée toute droite sur le tabouret, secouant ses boucles et attaquant « son » morceau, — ce morceau que je n'aime pas et qui m'humilie un peu, car Marie a plus de « doigts » que moi.

— Ou bien, nous jouons à la poupée. Il y a, dans l'embrasure de la fenêtre, une merveilleuse chambre de poupée c'est une table très basse, d'où s'élèvent trois cloisons, fond et côté, une vraie chambre avec tous ses meubles, où les filles de Marie vivent tout de bon, d'une vie parfaite, puisqu'elle est le reflet de la nôtre.

Mais il était un jeu que Marie préférait à tout autre. Elle détachait dans de vieux journaux de modes — le *Journal des Demoiselles* — certaines figures en couleur, laissant à la base une bande de papier assez longue pour pouvoir tenir ses « bonnes femmes ». Elle en prenait une en mains, et, la tenant devant elle, s'efforçant de rectifier la position forcément instable de la malheureuse, par un léger balancement d'avant en arrière et vice-versa, elle s'absorbait en d'interminables dialogues à la muette. Cela pouvait durer des heures. Rien n'était plus exaspérant pour moi et nos petites cousines que cet entretien, à la fois si animé et si énigmatique. Jamais le secret n'en affleurait. Le souvenir de ces « bonnes femmes » s'associe aujourd'hui à tous ceux de mes séjours d'enfant auprès de Marie. Je ne puis déterminer à quel âge a commencé ce jeu, ni jusqu'à quel âge il s'est prolongé. Si je l'évoque, c'est que je me suis toujours figuré que le goût de Marie pour le théâtre s'y révéla tout d'abord. Ces « bonnes femmes » étaient assurément des « personnages ». Après les avoir disposées sur la table, Marie les prenait à tour de rôle, selon le déroulement de la trame invisible. Trame abstraite ; elles ne semblaient accomplir nulle action. Je ne les ai jamais vues, entre les mains de Marie, faire autre chose que parler, dialoguer à l'infini, mystérieusement.

À Brest, il y a aussi le Champ de Bataille et le Cours d'Ajot. Les parties joyeuses ! Nous sommes toute une petite bande, fils et filles de la Marine, petite aristocratie en miniature, consciente de ses droits, de ses devoirs, de ses privilèges. Le « garde » a des indulgences pour nous ; la vieille Rigolette, la marchande de gâteaux, nous réserve ce qu'elle a de moins poussiéreux. En revanche, nous sommes relativement sages. — Entre filles, nous jouons aux osselets ; Marie est de première force. Et déjà, je suis sensible à l'élégance de sa main et de son geste, tandis qu'elle lance et rattrape, selon les règles fort compliquées de l'art. Elle gagne, et elle aime gagner. Mais elle est bonne joueuse, stricte et honnête. Et comme elle se met toute dans son jeu !

Avec les garçons, les divertissements sont d'un autre genre. Ce sont les « barres » quelquefois ; le plus souvent, on « joue » des histoires merveilleuses, continuées d'un jour à l'autre, et qui sont inventées par Marie. Car ma mémoire est fidèle sur ce point ; elle n'est pas une forme d'imagination « après coup » ; c'est bien Marie qui nous menait tous, Nous étions les sujets de son royaume, insoumis peut-être, parfois, au fond, parfaitement séduits et dépendants. Tous mes souvenirs de Marie, même les plus lointains, sont imprégnés de cette sensation d'une autorité instinctive qui émanait d'elle. Elle était impérieuse et volontaire ; elle l'était d'abord envers elle-même. Le souci de l'attitude, elle l'a eu très tôt. Mais l'attitude était la première réalisation d'une volonté d'être. C'était peut-être en elle l'aboutissement de ces vertus de commandement que presque tous les hommes de notre famille exerçaient depuis plusieurs générations dans des conditions qui exigent d'abord une si parfaite maîtrise de soi.

Je nous revois aussi, certains jours, au Borda, où notre oncle est professeur. Marie rayonne ! Elle a parlé elle-même de cette Marine tant aimée, et ces pages de son « Journal » sont parmi les plus émues, les plus profondément vraies.

Maintenant, un autre décor : Montpellier. Mon père y occupe la chaire de philosophie de l'Université. Marie passe chez nous tout un hiver celui de 1886. Souvenirs scolaires communs ; pas très précis en ce qui la concerne. Cependant, je me souviens très nettement de ceci, dont je m'étonne alors, au point de croire qu'il y a là une mystification : Marie est paresseuse. C'est une chose parfaitement établie entre moi et moi. Elle fait ses devoirs, elle apprend ses leçons, elle a de bonnes notes ; mais elle est « paresseuse » ; elle ne se donne pas de peine ». Aurais-je absorbé toute la filtration huguenote de la famille ? « Ne pas se donner de peine » est une chose qui me scandalise. Peut-être d'autant plus que Marie s'en tire tout comme si elle s'en donnait. Le moment venu des compositions et des récapitulations, elle secouera ses boucles, comme avant la Marche Turque, et se jouera de la difficulté. D'ailleurs — on le saura plus tard — elle s'intéresse sans presque jamais le dire, sans le savoir peut-être, à ses études avec passion.

C'est à dessein que j'emploie ce terme « passion ». Il est, il restera pour moi le mot de l'énigme que dut être cette nature pour avoir prêté à des interprétations si diverses. La passion est chose concentrée, qui se trahit, mais ne s'exprime guère, comme tout ce qu'on subit plus qu'on ne le maîtrise. Marie, certes, n'était pas « < sentimentale », ni « romantique », — le bel éclat de rire, intelligent, irrésistible, qui fuserait près de moi si, comme aux jours de notre enfance où nous écrivions notre journal côte à côte, elle pouvait encore, en se penchant un peu, lire les mots que trace ma plume ! mais combien elle est passionnée ! Dans les lettres auxquelles ces quelques lignes servent d'introduction, on verra des phrases affectueuses qui ne sont en rien des formules. Quand elle disait : « Je vous adore », elle disait ce qu'elle sentait. Chez elle, tout sentiment avait quelque chose de violent, où elle participait tout entière et dont on était envahi.

De Montpellier, ma pensée, suivant le cours des ans, me reporte de nouveau à Brest. Une douleur commune bouleverse notre jeunesse : nous ne serons plus jamais tout à fait pareilles. On notera dans le « Journal d'enfant de

Marie », quand il sera publié, une différence de ton, si je puis dire, après la mort de notre jeune tante Alice. Comme une soudaine maturité intérieure. Les épreuves de la vie commençaient. Cette année-là c'est en 1888 tandis qu'en apparence nous sommes des petites filles joueuses, « très diables », de mauvaises pestes », tandis que dans la maison de campagne où nous passons l'été et qui borde une route, Marie invente de discutables divertissements, comme celui d'arroser les ombrelles des belles passantes à travers les lames des jalousies fermées, les deux petites filles taisent une grosse angoisse. Pour arroser les belles dames en promenade, elles se servent d'un singulier arrosoir ; c'est l'appareil destiné aux douches nasales de Marie. Le « rhume d'oreilles » avait commencé. Marie n'en parle pas. On ne la voit faire aucune des expériences coutumières à ceux qui deviennent sourds. Le matin, elle fait son traitement. Puis elle vit comme si de rien n'était. Mais avec un humour brave, elle appelle son mouchoir sa « trompe acoustique ». J'en ris avec elle. Et cependant, le soir, dans nos lits qui se touchent presque, je retiens ma respiration pour écouter si elle ne pleure pas. Je guette son sommeil. Elle guette le mien, sans doute, car il arrive que je la surprenne faisant semblant de dormir.

Quel est le souvenir qui m'émeut aujourd'hui davantage ? Est-ce celui de l'héroïque petite fille de treize ans qui assiste à l'inexorable fuite du monde vivant, de ce monde des sons dont elle prend — nous le saurons un jour — une conscience plus aiguë à mesure qu'il lui échappe ; et qui ne permet pas à ceux qui l'aiment de l'affaiblir par leur inquiète tendresse ? Ou bien celui de la même petite fille, dix-huit mois plus tard, assise à contre-jour dans une chambre presque obscure chez les Augustines de la rue de la Santé, à Paris, complètement sourde maintenant, les yeux si malades qu'elle ne peut pas me voir, les mains dans les miennes afin que je fasse former à ses doigts à elle les lettres des mots, et me disant d'une voix souriante : « Tu sais, Fernande, il ne faudra pas venir me voir à l'heure que tu dis, parce que c'est l'heure où je travaille. » Et comme, dans ma stupeur, mes mains s'immobilisent, elle reprend le plus naturellement du monde : « Oui, je travaille tous les jours pendant deux heures *à me rappeler tout ce que j'ai appris.* »

Les années ont passé. Rarement elles nous réunirent. Elles ne pouvaient pas nous séparer. Je n'ai voulu évoquer ici que ce que nous appelions « les souvenirs d'autrefois », des souvenirs de petites filles. Mais il n'y eut pas solution de continuité entre la petite fille gaie, brillante, impérieuse, héroïque et si aimante, et la jeune femme qui, en 1917, marchait auprès de moi de son beau pas net et rythmé, dans les allées de l'Abbaye de Pomiers, à St-Julien en Genevois. Pas une des épithètes données à l'enfant qui ne convînt encore à la femme.

Je ne veux ici m'arrêter qu'à la dernière. Marie était aimante jusqu'au frémissement. Quand, au cours d'une discussion avec un des êtres qu'elle aimait, elle devinait une résistance sûre, ses larmes étaient toutes proches. Cette grande orgueilleuse volontaire tremblait toute. De dépit ? Non. Elle croyait tout de même trop en elle. De chagrin. Parce qu'on ne l'admettait pas tout entière, elle se craignait moins aimée.

Qui de ceux-là qu'elle a chéris comme elle savait chérir, n'a encore présents l'accueil de sa voix et de son geste, l'élan intérieur dont elle venait à vous ?

Qui pourrait oublier le poids de ses deux mains sur vos épaules, tandis que, pour vous. mieux voir, elle vous repoussait un peu à bout de bras, puis, avec cette façon bourrue d'être tendre qu'elle avait, vous ramenait brusquement à elle et vous embrassait violemment ?

C'est ainsi qu'elle me dit adieu, un matin de septembre 1917, au bas du sentier qui, de l'Abbaye, descendait à la route. Ni l'une ni l'autre ne parlait. On essayait de rire. Je ne l'ai plus revue.

Fernande Dauriac.

QUELQUES LETTRES INTIMES DE MARIE LENÉRU

Tendre-sur-Reconnaissance, Brest, Mardi 3 (Juin 1887[2]).

MES CHERS TOUS,

Vous m'avez fait bien plaisir, je vous assure. Je trouve à mon verre un cachet Moyen-Âge qui me plaît beaucoup ; je vous remercie extrêmement chaleureusement, et si ma plume courait plus vite, je vous dirais mille choses aimables et cela ne m'ennuierait pas du tout.

Vos longues lettres, tante et Fernande, m'ont bien intéressée. Je suis charmée de tes succès, ma cousine ; n'est-ce pas, Tante, qu'elle les méritait ?

Je suppose que toute la famille saura ce que c'est ; quant à moi, je compte saccager toutes les têtes le jour de mon entrée dans le monde.

Tonton Lionel, ne crois pourtant pas que je sois une folle imbécile. Je ne le suis pas plus que Fernande, et mon grand rêve est de gagner ma vie ; j'en parlais justement hier avec une amie, et nous trouvions qu'en plus du but religieux, on a besoin d'un but en bas. Je compte beaucoup sur tes conseils à ce sujet, je trouverai bien un moyen de passer mes examens, et alors je me lancerai dans les régions éthérées de l'enseignement, si Maman me le permet.

Quelle est la vocation de Carle ?

J'ai peur d'avoir dit beaucoup de bêtises ; rassurez-vous, je leur choisis leurs auditeurs. Voità qu'il faut que je vous quitte ; je vous demande pardon pour mes bêtises, je vous remercie pour tout, je vous demande bien des grâces, entr'autres des lettres, je vous adore.

M.-L.

Chère tante chérie[3],

Mes premières lignes sont pour toi ; Fernande ne m'en voudra pas de t'avoir préférée à elle. Tu sais bien que je t'aime beaucoup, n'est-ce pas ? Je n'ai guère autre chose à dire, et d'ailleurs, je ne puis écrire que très peu.

J'attends avec le moins d'impatience que je peux le moment où je pourrai écrire couramment ; c'est si étouffant de ne pas pouvoir faire sortir ses idées de sa plume ; néanmoins, elle peut vous envoyer mes meilleurs baisers, avec peu d'élégance, c'est vrai, mais tu verras bien que c'est avec *beaucoup* d'affection.

Marie-Th. Lenéru[4].

Paris, 31 *décembre.*

Mes chers amis,

La paix soit avec vous, la santé, le bonheur, la réalisation de tous les souhaits réalisables, et : l'absence de ceux qui ne le sont pas.

J'embrasse…, etc.

Une personne qui vous adore.

Dimanche, 4 juin (1893).

Ma tante Gabrielle chérie,

Je te comble de bénédictions et te remercie de tout mon cœur, aussi bien pour cette ravissante bourse bleue que pour ton excellente lettre. Seulement, il y a des choses que je ne dois pas laisser passer. J'ai une bonne santé, oh ! oui : me faire aimer, cela regarde les autres autant que moi, mais pour le caractère et l'emploi du temps je vais t'enlever tes illusions, surtout sur l'emploi du temps, qui *est absolument nul.* Je me lève trop tard, n'ai jamais l'esprit à ce que je fais et une irrégularité incurable. La preuve de ceci est que j'ai dix-huit ans et *n'ai encore rien fait.* Pas une étude poussée à fond, aucun genre de vie sérieusement adopté : pas une qualité qui ne trébuche et dont je puisse être sûre. Tu vois, ma pauvre tante, qu'il ne faut pas se borner à me souhaiter de conserver ce que je n'ai pas. Et maintenant que c'est dit ; oublions-le bien vite et parlons de Fernande, que Maman et moi ne pourrons pas nous décider à laisser partir. Je ne me serais pas consolée si elle n'avait pas été avec moi le jour de mes dix-huit ans. Je ne crois pas que le monde contienne deux autres cousines vivant en aussi parfaite harmonie, et maintenant que je sais ce que c'est que de l'avoir avec nous, attends-toi à ce qu'on te la réclame souvent.

Je t'embrasse bien tendrement.

MARIE.

Vendredi, 17 (*Août* 1896).

Quelle heureuse inspiration tu as eue, ma bonne tante, en m'envoyant cet excellent petit mot. Ma fête n'eût pas été complète sans cela. Merci de tes souhaits. En ce qui regarde Lourdes, j'y vais pour faire un beau voyage. Étant donné mon antipathie des miracles, je n'aurais pas demandé d'y aller. Maman me l'a offert, tante y allait ; bien portante, j'aurais peut-être dit non ; dans la situation actuelle, il m'aurait déplu de le refuser. Tu connais mes idées. J'irais à Lourdes toute ma vie sans être guérie que cela ne porterait pas une ombre à ma foi en la Providence. Je n'y vais même pas pour tenter une épreuve. Je considère ces miracles (puisqu'ils sont historiques) comme un hommage rendu à la foi des humbles, auquel je n'ai aucun droit. Tu vois donc que je peux y aller sans que la raison ait à me reprocher d'être en désaccord avec moi-même. On m'a dit que le site était d'une véritable beauté, et nous irions au Cirque de Gavarnie ; n'est-ce pas suffisant pour vous consoler que le Ciel ne fasse pas pour vous un miracle ?

Quant à tes vœux, ma bonne tante, ils seront partout les bienvenus et je t'assure que j'en fais aussi pour la correction complète de ce genou indiscipliné. Il n'y a pas à

17

dire, la douleur est un mal, et il faut être bien vain ou bien menteur pour ne pas le reconnaître. Ce qu'il y a de certain, c'est qu'elle n'est pas un mal éternel et que toute maladie a son remède. Le summum de la philosophie serait de savoir, quand elle tape d'un côté, renoncer à la portion de jouissances qu'elle enlève et n'y plus penser, comme on coupe un membre gangrené, et non seulement on se porte bien, mais les autres membres apprennent à rendre plus de services.

Les stoïques agissaient en gens grossiers en se jetant dans le feu de peur de brûler. Voilà un petite diatribe à lire au milieu d'un paysage à la Ruysdaël, et ton ciel est peut-être bleu, alors…

Je t'embrasse de tout cœur, et suis ta vieille nièce et aussi vieille amie.

MARIE.

Brest, Mercredi (fin juin 1895).

MA TANTE CHÉRIE,

Je déjeunais en tête à tête avec Maman quand ton Saint-Paul m'est arrivé. Merci de tout cœur pour les jouissances que je suis certaine d'y trouver. Si M. Renan n'est pas un orthodoxe, je ne me flatte pas de l'être, et c'est surtout avec les incrédules que je me sens croyante. On a tellement besoin de protester contre la désolation !

Je le commencerai ce soir quand j'aurai fini ma journée ; car j'observe une règle absolue, au point de compter mes

18

fautes, c'est-à-dire mes irrégularités ; de cette manière, on évite l'ennui et on se réveille en ayant toujours quelque chose à faire. Et il me semble que si l'on peut devenir meilleure, c'est par une plus grande intelligence des choses… Dimanche, nous avons déjeuné et dîné au Vizac… Malgré le froid et l'humidité, nous avons passé l'après-midi dans le bois ; Mme B… en corsage de batiste, en transparent sur la peau ! C'est beau d'être à l'épreuve comme cela. Elle a toujours la même élégance dans ses accoutrements de campagne et vit au milieu des revues et des livres qui paraissent. J'en ai rapporté des études sur les « Femmes des Tuileries », l'Impératrice Joséphine et la reine Marie-Amélie. Calmann-Lévy lui envoie tout ce qui paraît chez lui ; mais elle n'a pas voulu me laisser emporter la « Grande Catherine ». Je ne dis plus rien, depuis le jour où j'avais rapporté les Mémoires de Lauzun et où il a suffi que Maman les ouvre pour que je ne les revoie plus. Je te parle de ces livres parce que je les crois assez intéressants pour mériter que tu les lises et que je veux te faire partager notre vie de tous les jours.

La journée d'hier, c'est avec Juliette R… que je l'ai passée, une charmante fille que j'aime beaucoup, qu'on gâte énormément et qui n'a pas un défaut. Et puis, je la connais depuis l'extrême enfance, c'est un tel charme de plus. Quand je fais d'aimables connaissances, je ne me console pas de ne les avoir pas faites plus tôt. C'était amusant de voir les vieux jardiniers du Cours nous regarder et nous reconnaître pendant que nous nous promenions avec

« Fraulein » ; ils nous ont vu jouer petites filles. Je revois avec attendrissement la veste bleue du vieux « Cogne », le gardien du Cours, baptisé comme cela par les frères de nos amies, et dans la cabane duquel je retrouvais mes objets perdus.

Maman a reçu une longue lettre de tonton Lionel, bien jolie, et où l'affection transpire à chaque page, bien qu'il n'en soit pas question. Quel plaisir vous allez avoir à entendre son enthousiasme ! J'espère, ma tante chérie, que tu deviens très Parisienne et, par conséquent, infatigable. Je te plains d'avoir manqué la réception de Bourget et le plaisir de contempler dans son enveloppe mortelle ce grand raffiné, car c'est l'impression générale qu'il me laisse ; il me paraît une merveille de dilettantisme dans l'observation et le goût.

Sais-tu que tonton Albert l'avait reçu à bord de la *Couronne* et avait recueilli de sa bouche ce détail qu'il faisait blanchir son linge à Londres, cet art étant ignoré à Paris. Ma pauvre tante, voici une longue lettre d'écriture agaçante, mais je t'écris dans le petit salon, le store bat et envoie des alternatives de rouge et de blanc sur mon papier.

Donc, pardon, je te prie, et surtout merci mille fois. J'embrasse Fernande ; puisque nos lettres se sont croisées ; il est convenu que la plus polie de nous deux écrira la première à l'autre. Je pense souvent à Carle, en faisant des vœux pour son succès au bout de ses labeurs : « Macte virtute esto ! »…

De bons baisers de nous deux.

Votre nièce tout à fait dévouée.

Marie.

Brutul. (*juillet* 1899).

Ma tante bien chérie,

Je ne veux pas laisser partir mes lettres à tout le monde sans venir t'embrasser, plus dans ton lit, j'espère ! Ainsi, nous nous sommes vues pour toute une année ? Je maugréerais avec plaisir si je n'avais pris l'habitude de pardonner beaucoup à la Providence. Il n'y a qu'auprès de vous que nous sentons la fa- mille, et nous sommes de perpétuels absents, ce n'est pas juste… J'ai pris sur moi de lire *l'Abbesse de Jouarre* ; je croyais que c'était l'aventure historique de l'Abbesse, qui s'est sauvée avec un grand seigneur ; quant à ceci, je l'ai trouvé ridicule et un peu dégoûtant. C'est probablement que je suis une « personne superficielle », qui ne me rend pas compte de la « relativité des choses ». Cette séduction à coups d'arguments de morale utilitaire, l'Abbesse qui se traîne « plus chrétienne que jamais », puis qui s'enflamme pour le beau soldat qui lui a sauvé la vie (mémoire utilitaire aussi ! ». Moralité fusion de la vieille et de la jeune France, vivent les ci-devants, vive l'armée ! En somme, j'ai trouvé cela de mauvais goût…

Je t'embrasse bien fort.

Marie.

21

3 *juin* (1896).

Merci bien affectueusement, ma bonne tante. Je déballe à la seconde tes beaux livres, qui me font une bien belle collection. Vous m'avez toujours trop gâtée. J'aime le XVIIe siècle un peu comme tous les autres qui sont loin de nous, non par le temps, mais par la quantité d'idées remuées depuis leur époque. Cousin n'anime pas, mais il reconstruit à l'aide d'une érudition ahurissante. Voilà ce qu'il fallait te dire pour que tu saches tout à fait pourquoi tu m'as fait tant de plaisir.

Je veux aussi te remercier de ton excellente lettre, car je ne m'y attendais pas, mon mot ne l'avait pas mérité ! Je crois que Maman t'a donné tous les détails au sujet des pauvres L… Je me suis levée de bonne heure pour embrasser mon oncle. Tout le monde a fait bonne contenance, mais on ne voyait pas le dedans !

Maman vous a parlé de la bizarre ressemblance L… A… Je n'ai rien vu de plus abrutissant, les expressions mêmes étaient identiques ; on se fait intenter un procès quand on plagie un homme de cette façon. Mais voilà, lequel est l'original ? Cela m'a fait exposer une petite thèse à laquelle je tiens beaucoup ; ces dames n'ont voulu l'admettre que lorsque j'ai appelé les robes à mon secours.

Je dis que les expressions qui ne tiennent pas du tic ou de l'hérédité, ou de l'imitation en général, *sont déterminées par nos traits*. Dès que j'ai pu voir ma tête amaigrie, j'ai senti qu'involontairement, j'adoptais d'*autres* expressions. Ces dames ont trouvé cela trop matérialiste, alors *j'ai* descendu de l'expression aux gestes ! Et je leur ai prouvé qu'elles n'avaient pas les mêmes avec des robes différentes. On passe (toujours par le geste) de Watteau à Rembrandt, selon les caprices de la mousseline claire ou du velours sombre.

Pardon, ma bonne tante, c'est le souvenir de nos conversations qui me rend si expansive…

Pour vous quatre (suis-je assez respectueuse pour les deux premiers ?), tous mes meilleurs baisers majeurs.

M.

J'écrirai à Fernande ces jours-ci. Je la remercie de ne pas m'avoir attendu ; j'aurais eu de la peine à me passer de sa lettre hier.

Vendredi, 3 (*janvier* 1897 ?).

MA TANTE CHÉRIE,

Je vous remercie avec tout mon cœur du beau cadeau et de l'immense plaisir que vous me faites. J'ai reçu hier soir les cinq volumes en parfait état. Nous veillerons à ne pas faire d'indiscrétions dans les affaires de cœur de Mme de Longueville, et nous rattraperons sur Mme de Hautefort. Mais il me semble que M. Cousin doit être un biographe discret, dont ces dames n'auront pas à se plaindre. Merci aussi pour la peine que vous avez prise à vous les procurer.

Je suis contente et ne cherche pas d'autre manière de vous
le dire…

Cela me fait plaisir de vous savoir entourés ; gardez le
moins de temps possible pour les idées noires ; d'ailleurs,
elles s'en iront d'elles-mêmes. Il me semble que partagés
comme vous l'êtes, vous pouvez bien attendre un peu.
Pardonne-moi, ma bonne tante, si je dis cela
maladroitement ; je ne vous trouverai jamais assez gâtés,
mais tant que vous serez vous, je ne vous trouverai jamais
infortunés.

Je vous embrasse bien.

Marie.

9 septembre

(noces d'argent de M. et Mme D… en 97)

Chère tante et tonton,

Je félicite et j'admire votre vieux bon ménage. Je pense
bien des fois à ce vieux Brest où il a débuté, et que je n'ai
pas connu quand vous étiez des jeunes gens, plus jeunes que
moi, et quand mes grands-parents allaient et venaient dans
cette maison et dans ces rues où je ne me souviens plus les
avoir rencontrés. Je félicite « Lionel et Gabrielle » et leur
souhaite de longues et belles années dont ils ne soient
jamais las. Il y a toujours à faire en ce monde, il y a
toujours à vivre, et je ne vois pas pourquoi on aurait moins
d'entrain en s'éloignant de la bête jeunesse, où l'on ne
comprend et ne sent rien. Vieillissez, vous, chers tante et

tonton, sans préjugés et sans peur. Il n'y a pas de vieillesse, il n'y a que des vieillards et vous n'en serez jamais.

Je vous embrasse solennellement et suis de tout cœur,

Votre nièce, MARIE.

Samedi (*février ou mars* 1898).

MON CHER TONTON,

La « présente » est pour te demander un renseignement que tu voudras bien transmettre à Fernande le jour où elle m'écrira.

Je compte sur toi pour m'indiquer la meilleure édition de Platon, soit française, soit latine. Au cas où tu n'aurais pas de prédilection à cet égard, j'espère que les lumières qui t'entourent pourront te renseigner.

Je suis intraitable envers les traductions, auxquelles je n'ai pas l'habitude de me confier, voilà pourquoi je m'adresse en haut lieu. Car décidément, je ne saurai pas le grec, c'est une ignorance que je tiens à me ménager comme Joubert le conseille quelque part.

Mon cher tonton, si je ne t'avais pas pour oncle je ne comprendrais pas d'où me vient cette passion peu féminine de philosophie, mais la vérité est que je ne fais pas autre chose. Mes lectures les plus légères sont les lettres de Cicéron.

Si tu te souviens de certains bouquins dans mon genre, jadis aimés, envoie les titres sans scrupules, je ne dors jamais !…

Vale et me ama

MARIE.

Mardi, Lorient (*août* 1898).

MA TANTE CHÉRIE,

Ces deux dernières journées, nous venons de les passer entièrement hors du home, et tout en ayant eu trop de leur temps, je ne me trouve qu'aujourd'hui maîtresse de mes actions. La première, en arrivant de Brutul, ici, est de déballer de quoi t'écrire et de te remercier avec confusion de tes nouvelles gâteries. C'est trop gentil d'être comme cela attentive à ma fête.

Es-tu tranquillisée sous le rapport oreilles ? Le D^r M… a fait ici des merveilles. Je suis persuadée que Maman exagère ses crises par sa préoccupation… La vérité est que je vous donne à tous la *frousse* avec mes oreilles ; j'espère pourtant avoir l'honneur d'être un otage suffisant au dieu silence.

Que dis-tu de ce duel désolant du prince Henri ? Ils ont voulu rééditer les mignons « jusqu'à ce que mort s'ensuive ». Je suppose qu'ils se détestaient bien. Lis-tu, en ce moment ? N'est-ce pas, c'était joli et fin ce poème de Brada ? Que ma grande patronne n'y voie pas de

26

profanation, mais c'est de la foi à l'espagnole, de la dévotion comme l'entendait sainte Thérèse.

Je viens d'être très peinée par une carte de Mme de L…, qui se dit presque aveugle et m'écrit avec une telle incohérence que je vais immédiatement demander des éclaircissements au Sacré-Cœur. Je trouve qu'on a pour les vieillards une affection très particulière, un peu ce qu'on éprouve pour les enfants ; on sait qu'ils vous sont moins assurés que les autres ; je ne quitte jamais Mme L… et Mme de L… sans une espèce de remords de ne pas avoir entièrement ces dernières années de présence. Tu me trouveras peut-être rude de penser à ces choses-là, mais je suis sûre que ce sont de ces sentiments involontaires que nous éprouvons tous et dont on se console, en les avouant, parce qu'ils ne sont pas très raisonnables.

Il faut que je termine enfin, pour descendre dîner. Je vous embrasse bien, mes deux pauvres abandonnées. Tâchez de vous accommoder d'Aix et donnez-nous souvent de vos nouvelles.

À vous pour ce monde et pour l'autre.

MARIE.

Samedi (*décembre* 1899).

CHER TONTON LIONEL,

Je veux vous remercier tous les deux, mais comme il n'y a qu'à toi que je n'ai pas écrit, je place ma lettre sous ton vocable.

En rentrant de déjeuner chez Mme L…, je trouve le délicieux paquet de librairie. Sans ôter mes gants, je me mets à couper dans les ficelles (Maman n'était pas là) et je le tiens enfin !

Pour comprendre la reconnaissance que je vous ai, il faudrait que vous sachiez combien j'admire Leconte de Lisle. Il est peut-être ce qui répond le mieux à mes idées de perfection artistique et vous fait au moins sortir de la banalité trop de fois remâchée…

Que de mois encore avant de vous revoir ! Le premier, nous dînerons chez S…, mes amis sont parfaits, mais c'est humiliant tout de même d'être sans famille. Et puis, la province, quand cela s'accumule… Si je n'étais pas malade, pour ne pas dire pis, jamais, jamais, ja- mais je n'y consentirais. Il faut d'irréfrénables dispositions pour être chic et avoir de l'esprit dans un lieu pareil… margaritas ante… Je voudrais qu'on me donne des nouvelles de ton travail avec M. Brochard. Je ne peux pas penser de sang-froid à l'état de ton ami ; Montaigne disait préférer cela à la surdité, M. de Lesélenc, sourd, la même chose. Je ne comprends cela que si l'on est vraiment musicien. La suppression de la musique est la seule chose impardonnable, Je te réponds que je fais de l'observation à cet égard. La mort d'un organe n'enlève pas seulement une jouissance, c'est la disparition de tout un genre de *conscience*. Il faut avoir le spiritualisme tenace… Il serait trop long de te dire tout ce qu'il faudrait, le mot d'Obermann résume : « On comprend ce que l'on voit, mais on sent ce que l'on entend ». As-tu remarqué que le bruit est la seule inutilité, la seule superfluité dans la nature ? Il appartient, il n'existe que dans la vie consciente. On remarque, en général, que les aveugles sont plus gais, plus vivants que les sourds.

Voilà ce que tu gagnes à être esthète musical. Je te fais de l'acoustique-métaphysique[5].

Je vous embrasse encore bien tous et ne vous oublierai pas tant que durera la gloire de Leconte de Lisle, vulgo : jamais.

Votre affectionnissimée.

MARIE.

Brest, jeudi (*printemps* 1900).

MA TANTE TRÈS CHÉRIE,

J'en suis encore à devoir tant de lettres, que c'est une véritable fraude que de m'en passer une agréable. Enfin, j'y suis, j'y reste. Et puis, ma pauvre tante, tu as été mal fichue, et cela prime tous les droits. Es-tu assez peu raisonnable d'interrompre un traitement justement parce qu'il réussit ? Moi qui ne fais que prêcher à Maman les régimes préventifs. Il faut mettre de l'art en tout, même dans la manière de se soigner, et ne pas oublier que nous sommes tous malades de naissance et que la santé, comme dit Taine, « est une réussite fréquente (hum !) et un bel accident »…

Sais-tu que les orgues de Fribourg sont chez Robert ? Carle le sait-il ? Je le lui aurais écrit si je ne me débattais dans des journées trop étroites. Andrée, elle, est toujours ici et nous nous promenons tous les jours ensemble. Nous allons très loin, fortes de notre renom d'éduca- tion, on peut tout nous passer ; la province a cela de bon qu'on y est connu. Mais je crois que nos mères sont, au fond, désolées.

Il y a, dans la *Revue de Paris*, des notes charmantes de Daudet. Du reste, on y trouve tant de choses que je doute qu'on s'amuse en ce moment à la *Revue des Deux-Mondes*.

Nous avons aussi été au Trez-Hir. Que c'est grandiose, ma tante ! Voilà où il faut que tu passes l'été. Tu seras très bien chez Mme Cornen, l'unique et précieuse aubergiste du Trez-Hir. Tu auras une fenêtre à balcon, la seule du pays, et Carle apprécierait les merveilleux effets de lumière sur ce sable qui ressemble à une neige. C'est tellement dépeuplé que le pays a l'air créé uniquement pour vous, et je pense à ce mot de Lacordaire « Dieu n'a pas formé une contrée, dessiné un rivage, creusé une baie, sans savoir pour quels peuples et pour quelles âmes il travaillait. » Hum… Enfin, je m'approprie le Trez-Hir.

Au revoir, ma bonne tante chérie. Je t'ai exprimé tout ce que mon cerveau contenait de présentable, pour le cœur, ce serait trop long.

À vous quatre.

Marie Lenéru d'Auriac.

Ai-je assez le courage de mon opinion[6] ?

Manoir du Vizac-en-Guipavas (*Finistère*)
(*juillet* 1901)

Ma tante chérie,

Tu ne sais pas encore comme je t'ai été reconnaissante de la lettre de Venise. C'est une de mes grandes joies d'avoir une tante profondément *validée* dans mon cœur et ma sympathie. Tu as vu de belles choses avec les yeux qu'il fallait pour elles, car nous avons été au feu ensemble et je sais comment tu regardes.

C'est une science qui m'absorbe de plus en plus, son enseignement m'ayant, d'ailleurs, coûté plus cher qu'à d'autres. Je n'arrivais pas à m'arracher du Trez-Hir ; chaque mois, c'est un pays nouveau. Naturellement, l'Italie me nostalgise assez, mais j'ai trop de choses à régler avec moi-même avant de vider mes comptes avec les circonstances plus ou moins agréables. Tu m'aideras, au moins j'espère, à la préparation. — Tante B… est dans un état que je n'arrive pas à accepter. Elle se démène si terriblement dans ce malheureux fauteuil de vieille : je suis au rebours des autres ; certaines leçons ne m'ont pas enseigné la résignation. Et je t'assure que savoir Maman toute seule devant cette misère pour laquelle on ne peut rien… C'est effrayant ce qu'il en coûte pour mourir !

De tout cœur, ta nièce et amie.

M…
(*Septembre* 1902).

Nous avons fait faire des promenades splendides à Mme D… : Le Trez-Hir, St-Mathieu et Le Conquet. Maman nous a accompagnées au Vizac. Mme B…, toujours merveilleuse d'entrain, nous a fait les honneurs de ses bois, de ses avenues, de ses collines dignes de Porthos. Maman ne s'était malheureusement pas jointe à une promenade faite du Trez-Hir avec les Willotte, à bord du yacht des Ponts-et-Chaussées. C'est une chose unique, une journée de passerelle, tout le monde en silence dans les allongeoirs, parce que, battus jusqu'à surdité, mutité et presque cécité par le vent ; mais on se souvient quand même de quoi faire dédaigner bien des choses. La marine, vois-tu, ce n'est pas une carrière familiale, ni même sociale, mais pour l'individualisme[Z] !

Promenez-vous bien dans vos montagnes, et recevez mille tendresses de nous deux.

MARIE.

Paris (5 *octobre* 1906).

MA TANTE GABRIELLE,

Je peux enfin t'écrire et te remercier de tes cartes et de ta lettre. Je ne sais pas si tu es au courant de nos affaires domestiques. Notre Bre- tonne est restée dans son pays, et pour mettre au courant sa remplaçante, pour obtenir la propreté parfaite, j'ai préféré faire la moitié des choses, J'avoue que cela m'a amusée et que les résultats obtenus en un minimum de temps m'ont éclairée sur l'activité ordinaire des domestiques. Mais enfin, il faut choisir ses occupations, et, comme, disait la grande Catherine, ce modèle des maîtresses de maison, « mêler le faire et le non faire », et c'est avec satisfaction que je quitte mes gants et mon torchon (plumeau malsain et microbifique) pour t'adresser une de mes premières lettres.

MARIE.

Jeudi (1908).

Chère tante Gabrielle,

Je pense bien que si Fernande ne m'écrit pas, c'est pour d'excellentes raisons. Et comme toi, tu es la fidélité même, je déplore naturellement moins ses crises de silence. Je lis toujours tes lettres à Maman, et si tu savais à quel point j'ai la nausée des autographes, tu en concluerais bien des choses favorables à mes qualités de cœur. D'ailleurs, j'aime ta manière d'écrire. Tu es une des exceptionnelles personnes dont les lettres satisfassent tout à fait. On a toujours, après avoir lu tes barbouillages, la sensation du rapprochement. Je n'en pense autant, ni de Fernande, ni de moi. Il est vrai que, toutes les deux, nous nous reposons sur nos mères et n'exécutons que le superlatif.

Je viens de quitter Mme L... ; nous sommes allées ensemble à son jardin des terrasses, en face de la rade, et

33

j'en rapporte une clef pour aller en *Port-Royal* quand cela me fera plaisir.

J'espère que les dieux béniront le travail de Carle, et que le brave garçon sera *compensé* de tant d'application. C'est bien de penser comme Baudelaire que « l'inspiration, Monsieur, c'est de travailler tous les jours ».

À propos de nouvelle, j'ai eu le caprice d'en enyoyer une au *Journal*, pour un concours dont le jury est très chic : Heredia, Barrès, Adam, Gyp, Houssaye, Vandal, Rachilde, Gregh, etc… Ce n'est pas sérieux, car une nouvelle de deux cents lignes exige une sorte d'entrain qui n'est guère dans mes dispositions, mais j'ai voulu savoir jusqu'à quel point serait rabattue la bonne opinion que j'ai de moi-même. Remarquez que j'ai la simplicité de vous dire tout cela d'avance, ce qui m'obligera à vous faire des aveux si je suis blackboulée[8] !

Nos Russes nous ont enfin quittés, et je regrette un peu de ne pas les avoir rencontrés. Un entrain, une simplicité, un chic, je t'assure qu'on a flirté ! ! ! Le genre a un peu abruti la province ; bien que ces Messieurs fussent tous titrés, le genre était étroitement lié à certaines idées… de champagne. Margot de M… me disait : « Pour un rien, ils vous embrasseraient. »

Que lis-tu, ma bonne tante chérie ? Je viens de découvrir Verlaine, et je ne pardonne pas qu'on n'ait pas usé de réclame pour me le faire connaître. Évidemment, j'aime peu les morceaux où l'éloquence a le cou tordu, mais les autres !

Une autre découverte : Les Rosny. Je te recommande le *Chemin d'amour*, dans la *Revue de Paris*. Je ne peux pas te dire comme j'ai trouvé cela sympathique : aussi ai-je vite fait venir l'*Impérieuse bonté*, un titre qui me magnétise depuis des mois.

Encore une chose dont je ne me vante qu'à toi : *Il piacere*, de d'Annunzio. Raide, mais que veux-tu ? Là, l'artiste est tellement hors ligne qu'en définitive, c'est mon talent préféré. Je préfère ce livre au *Trionfo della Morte*, parce que l'art y tient plus de place et que le roman y devient un véritable livre de critique et même d'histoire de la peinture et de la musique. Il y a un passage que tu dois connaître : « Le vers est tout, le vers peut tout. » C'est admirable comme un psaume. Je lis toujours aussi des individus plus ou moins philosophes, et il me passe tous les jours au moins quatre langues sous les yeux…

Adieu, chère tante, baisers, amitiés et vœux de santé et de tranquillité.

L'Ermitage. Les Voirons, 29 *juillet* 1912.

Chère tante Gabrielle,

En vous conseillant fortement de vous arranger coûte que coûte pour venir ici, nous n'obéissons pas qu'à un sentiment égoïste. En passant, on ne se doute pas de ce qu'est la vie dans un endroit pareil ; c'est un monde nouveau. Quand, à partir de trois heures, tous les glaciers se mettent à briller et les jeux d'ombre à changer tout le temps dans les vallons, on ne lit plus, on ne parle plus, on ne travaille plus. Tout le monde est planté comme un sapin au bord de la terrasse. En outre, il y a des fleurs, autant de fleurs que d'herbe. Je n'aurais jamais cru cela. Je me suis amusée à faire un bouquet sans cueillir deux plantes pareilles ; en trois minutes c'était fait. Il y a de magnifiques buissons d'églantiers jusque sur le Signal même, ce qui prouve que la montagne n'est pas rigoureuse. Rien n'est reposant comme ces grands talus verts, avec les lisières droites ou courbes de la forêt…

Nous ne frayons guère, n'allant jamais au salon… pourtant, un bon abbé s'est décidé à rompre la glace en m'invitant à aller me promener avec lui, avec le chapelain et la sœur du chapelain. Marche en plein ciel, jusqu'au Pralaire, et aussi facile que sur des nuages. Tu vois quelle société bien pensante. Je n'ose pas laisser traîner le livre que Blum m'a envoyé et dont le titre *Au théâtre*, pourrait jeter un froid…

Je souhaite à Carle un beau travail de vacances. Moi, voilà deux mois que j'ai « dételé », et j'avoue n'en avoir ressenti aucun repos, plutôt de l'énervement. Je crois que j'ai besoin de cette quotidienne régularisation mentale, comme j'ai besoin de gymnastique suédoise pour m'étirer…

Si vos projets vous portent vers ailleurs, écrivez-nous de temps en temps ; pensez aux ermites de l'Ermitage.

En vous embrassant.   Marie Lenéru.

1. ↑ Ces lettres sont adressées à sa tante, Mme Lionel Dauriac, à l'exception de deux lettres à M. Lionel Dauriac.
2. ↑ Les dates entre crochets ont été rétablies, le plus exactement possible, pour la publication. Marie datait rarement.
3. ↑ Cette lettre, d'une grande écriture encore maladroite, est du début de 1890. Les premières lignes écrites par Marie après sa grande maladie d'yeux furent, en réalité, des souhaits de nouvel an : à son oncle : « Joyeuse, heureuse et spirituelle année », — à sa tante : « Bonne, aimable et brillante année ».
4. ↑ Marie signait parfois Marie-Thérèse : ce dernier nom ayant été choisi par elle à sa Confirmation, par culte véritable pour sainte Thérèse.
5. ↑ Dans une lettre adressée, en 1897, au même destinataire, je relève le passage suivant, dont la lettre précédente constitue, en quelque sorte, un nouveau développement :

« Je crois que rien ne nous est plus intime, ne nous rend plus présent à nous-même que les sons. On dit généralement tout le contraire ; mais j'ai bien aussi un certain genre de compétence. Le son inarticulé est un langage cent fois plus direct que l'autre, en ce qu'il ne passe pas par les cellules usées du cerveau. Quand il disparaît, on sent qu'il y a des touches qui ne vibrent plus Il faut le double de lumière pour opérer ce que fait un son. »

6. ↑ Le traditionalisme de Marie s'insurgeait contre la suppression de la particule de notre nom de famille suppression faite par notre grand-père

et respectée par son fils.

7. ↑ Sur la même promenade. V. *Journal, vol. 2, p. 179.*

8. ↑ La nouvelle dont il s'agit ici — et qui fut couronnée — est *la Vivante*